AF324353

Vente du Samedi 19 Mars 1870.

TABLEAUX

MODERNES

EXPOSITIONS

PARTICULIÈRE
Le Jeudi 17 Mars 1870.

PUBLIQUE
Le Vendredi 18 Mars 1870.

DE UNE HEURE A CINQ HEURES

Me CHARLES PILLET
Commissaire-Priseur.

M. BRAME
Expert.

CATALOGUE

DE

TABLEAUX MODERNES

PAR

ARY-SCHEFFER, BEAUMONT, H. BELLANGÉ, COMPTE-CALIX, CH. COMTE, DE CONINCK, COROT, DAUBIGNY, ALF. DE DREUX, DIAZ, JULES-DUPRÉ, FAUVELET, FICHEL, GÉRICAULT, ISABEY, CH. JACQUES, JONGKIND, LUMINAIS, MILLET, PASINI, PATROIS, PECRUS, PLASSAN, RIBOT, RICHOMME, ROBERT-FLEURY, ROQUEPLAN, TH. ROUSSEAU, ROYBET, ALF. STEVENS, THOMPSON, TEN KATE, TROYON, VOLLON, ZIEM.

ROBERT FLEURY

(Rembrandt dans son atelier)

Dont la vente aux enchères publiques aura lieu

HOTEL DROUOT, SALLE N° 5

Le Samedi 19 Mars 1870,

A DEUX HEURES

Par le ministère de M⁰ CHARLES PILLET, Commissaire-Priseur
rue Grange-Batelière, 10.
Assisté de M. BRAME, expert, 47, rue Taitbout.

EXPOSITIONS } PARTICULIÈRE : *le Jeudi* 17 *Mars* 1870
PUBLIQUE : *le Vendredi* 18 *Mars* 1870

DE UNE HEURE A CINQ HEURES

CONDITIONS DE LA VENTE

Elle sera faite au comptant.

Les adjudicataires payeront *cinq pour cent* en sus des enchères.

L'exposition mettant le public à même de se rendre compte de l'état des tableaux, il ne sera admis aucune réclamation une fois l'adjudication prononcée.

Paris. — Typ. Pillet fils aîné, rue des Grands-Augustins, 5.

DÉSIGNATION

ARY SCHEFFER

1 — Le Convalescent.

Haut. 40 cent., larg. 32 cent.

BEAUMONT

2 — Femme jouant avec un enfant.

Haut., 28 cent.; larg., 36 cent.

BELLANGÉ

(HIPPOLYTE)

3 — L'Escadron repoussé.

(Vente Bellangé.)

Haut., 65 cent.; larg., 45 cent.

COMPTE CALIX

4 — La Promenade.

Haut., 31 cent.; larg., 24 cent.

COMTE

(CHARLES)

5 — Les Rats.

Haut., 42 cent.; larg., 33 cent.

COMTE

(CHARLES)

6 — Le Miroir.

Haut., 33 cent.; larg., 42 cent.

DE CONINCK

7 — La Lavandara.

Haut., 1 mèt.; larg., 70 cent.

COROT

8 — Hauteurs de Ville-d'Avray.

Haut., 41 cent.; larg. , 64 cent.

COROT

9 — La Saulée.

Haut., 39 cent.; larg., 60 cent.

COROT

10 — Le Matin.

Haut., 40 cent.; larg., 25 cent.

DAUBIGNY

11 — Environs de Pontoise, soleil couchant.

Haut., 25 cent.; larg., 54 cent.

DE DREUX

(ALFRED)

12 — Le Pansage.

Haut., 32 cent.; larg., 50 cent.

DIAZ

13 — Sous bois.

700

Haut., 31 cent.; larg., 41 cent.

DIAZ

14 — Le Chasseur.

1420

Haut., 55 cent., larg., 46 cent.

DIAZ

15 — Dessous de bois.

1600

Haut., 39 cent.; larg., 50 cent.

DIAZ

16 — Environ de Barbizon.

Haut., 32 cent.; larg., 40 cent.

DUPRÉ

(JULES)

17 — Le Bateau.

Haut., 46 cent.; larg., 61 cent.

DUPRÉ

(JULES)

18 — Le Berger.

Haut., 27 cent.; larg., 38 cent.

DUPRÉ

(JULES)

19 — La Mare.

Haut., 24 cent., larg., 35 cent.

FAUVELET

20 — Les Bulles de savon.

Haut., 24 cent.; larg., 18 cent.

FICHEL

21 — Jeune Fille à la Cage.

Haut., 23 cent.; larg., 18 cent.

GÉRICAULT

22 — Tête d'Étude.

Haut., 45 cent.; larg., 37 cent.

GÉRICAULT

23 — Etude d'homme couché, pour le *Naufrage de la Méduse*.

Haut., 22 cent.; larg., 30 cent.

ISABEY

24 — Le Mari.

Haut., 43 cent.; larg., 65 cent.

JACQUES

(CHARLES.)

25 — Moutons broutant.

Haut., 17 cent.; larg., 25 cent.

JONGKIND

26 — Vue de Paris.

Haut., 40 cent.; larg., 73 cent.

LUMINAIS

27 — Guerriers gaulois.

Haut., 40 cent.; larg., 32 cent.

MILLET

(J.-F.)

28 — Femme assise.

Haut., 32 cent.; larg., 24 cent.

PASINI

29 — Mariage Turc. (Exposition 1867).

Haut., 86 cent.; larg., 66 cent.

PASINI

30 — Une rue au Caire. (Exposition de 1867).

Haut., 86 cent.; larg., 66 cent.

PATROIS

31 — Jeunes Filles russes portant de l'eau.

Haut., 45 cent.; larg., 34 cent.

PECRUS

32 — Le Déjeuner.

Haut., 27; larg., 35 cent.

PLASSAN

33 — La Leçon de lecture.

Haut., 27 cent.; larg., 21 cent.

RIBOT

34 — Nature morte.

Haut., 46 cent.; larg., 38 cent.

RICHOMME

(J.)

35 — La Leçon mal sue.

Haut., 39 cent.; larg., 50 cent.

ROBERT-FLEURY

36 — Rembrand dans son atelier.

Haut., 1 mét.; larg., 80 cent.

ROBERT-FLEURY

37 — Le Porte-drapeau. (Collection du prince
Napoléon.)

Haut., 49 cent.; larg., 32 cent.

ROQUEPLAN

38 — Rêverie.

Haut., 29 cent.; larg., 20 cent.

ROQUEPLAN

39 — La Mère de Famille.

Haut., 45 cent.; larg., 30 cent.

ROUSSEAU

(THÉODORE.)

40 — Étude d'Eau.

Haut., 25 cent.; larg., 41 cent.

ROUSSEAU

(THÉODORE)

41 — Vue de la Ville de Château-Royat.

Haut.,   cent. larg.,   cent.

ROYBET

42 — Étude.

Haut., 39 cent.; larg., 27 cent.

ROYBET

43 — Les deux Pages.

Haut., 50 cent.; larg., 45 cent.

STEVENS

(ALFRED)

44 — La bonne Lettre. (Exposition universelle de 1867.)

Haut., 60 cent., larg., 53 cent.

THOMPSON

45 — Le Diseur de bonne aventure.

Haut., 37 cent.; larg., 45 cent.

TEN KATE

46 — L'Armurier.

Haut., 47 cent.; larg., 68 cent.

TROYON

47 — Vache. (Vente Troyon.)

Haut., 85 cent.; larg., 67 cent.

VOLLON

48 — Fleurs et Fruits.

Haut., 58 cent.; larg., 47 cent.

VOLLON

49 — Le Cuirassier d'après Géricault.

Haut., 70 cent.; larg., 52 cent·

VOLLON

50 — Le Pendant du précédent.

Haut., 76 cent.; larg., 52 cent.

ZIEM

51 — Le Jardin royal à Venise.

Haut., 41 cent.; larg., 64 cent.

RED. :

21

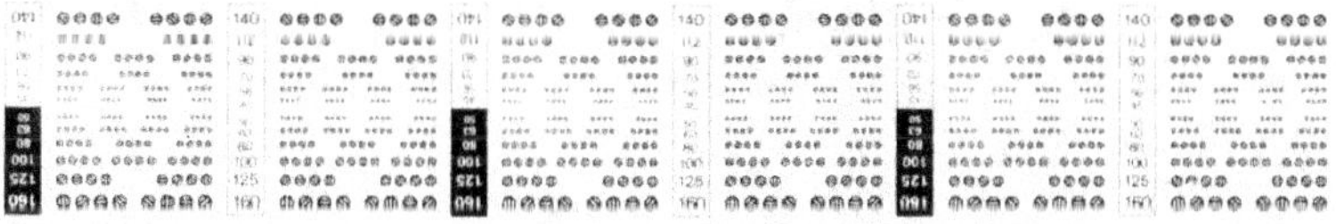

graphicom

MIRE ISO N° 1
NF Z 43-007
AFNOR
Cedex 7 - 92080 PARIS-LA-DEFENSE

0 1 2 3 4 5 6 7 8 9 10

BIBLIOTHEQUE

NATIONALE

DE FRANCE

****

CHATEAU

DE

SABLE

1995

www.ingramcontent.com/pod-product-compliance
Lightning Source LLC
LaVergne TN
LVHW010510060726

842527LV00005B/1987